白桃

hakutou

Okada Kazuko

岡田和子句集

ふらんす堂

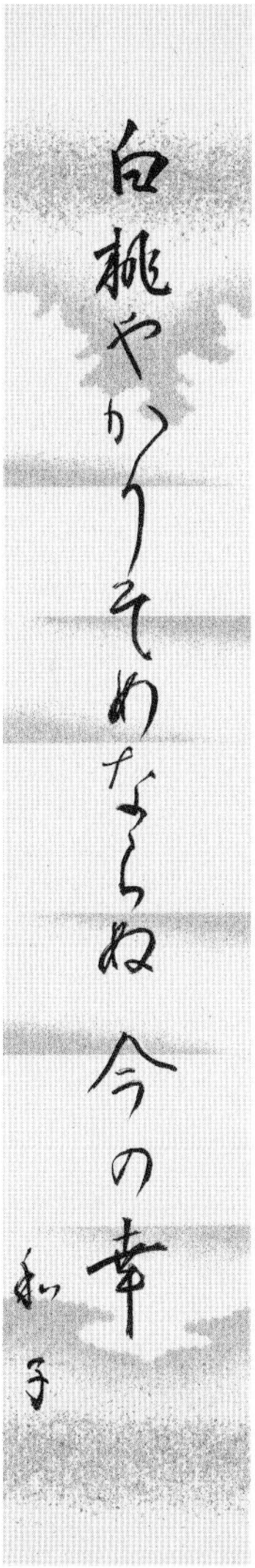
白桃やかりそめならぬ今の幸
和子

序に代えて

御夫婦で俳句をなさる方は沢山いらっしゃいますが、岡田貞峰、和子夫妻もまた長年、俳誌「馬酔木」を通して詠んでこられました。お二人がどんな御縁で結婚なされたかは、存じないものの、睦まじく信頼為合うお二人でいらっしゃいます。

貞峰氏は公私をはっきり分ける方ですし、和子氏は晴れがましい事が苦手な控え目な方です。残念ながら私は、和子氏とゆっくりお話ししたことはないのですが、岡田家にお電話した折、取り次がれる和子氏の「お父さん」と呼ばれる声のしっとりした佇まい。お互いを思いやる心が伝わります。

句集名「白桃」は

白桃やかりそめならぬ今の幸

から貞峰氏が決められました。秋櫻子の選後評を引用致します。

白桃は見た眼にも美しいし、その味も上等なのだが、いざ詠む段になると実にむずかしい。あまり完全すぎるからである。

この句はその白桃を正面から詠まずに、側面から取扱い、わが家の幸福をあらわすしるしとして使っている。こういう行き方も詠み方の一つで、記憶して置くべきものだ。この行き方で、白桃の句はもっと多く詠めるだろうと思う。

「かりそめならぬ」は、「一時的ではない」の意味で、家庭内の充ち足りた感じを、柔らかに描き出している。こういう場合は、言葉の選び方が大切で、言葉一つで句はよくもなるし、つまらなくもなる。だから気づいた言葉は出来るだけ多く憶えていて、いつでも使えるようにして置くことが大切だと思う。（後略）

長い引用になりますがもう一句、

ふさはしき壺置くのみや夏座敷

　表現に工夫を凝らして、いろいろ詠んでいるうちに、その凝った表現を洗い去り、一見淡々として平凡にも見えるような句を詠んでみたい気になることがある。不要な道具や眼立つ言葉を全部消し去り、調子も出来るだけ低く押さえて、さらさらと読めるように仕立てる。一見したところは無論平凡に見えるけれど、再読三読してみると、決してそうではなく、どこか見逃せない風格がある。（中略）見かけは実に淡々としているだけだが、「ふさはしき」という用語もこの際適当だし、壺の形や色彩などに一切触れていないところも佳い。ただ「平凡だ」と打捨てて置かれぬようなものを、どこかに潜めているという感じである。

和子氏の俳句を通して、秋櫻子は自分の俳句観を披瀝しています。

自然の主観的写生と抒情性を重んじた秋櫻子ですが、地味な身辺を詠む句風の和子氏に触発されたのかと思います。

それは和子氏の句に、衒わない真《まこと》と暖かさを感じたからに他ならないのでは。

貞峰氏の和子氏への心を籠めた贈り物である此の句集に会えた事は、私の幸せでもありました。

白寿と九十六歳のお二人に、平安の日々が続きますよう、お祈り申し上げます。

令和六年　四月吉日

徳田千鶴子

目次／白桃

句集　白桃

医師の恩

昭和二十八年〜三十四年

ほろにがき薬を信ず蝶の昼

夾竹桃日増しに癒ゆる確かさよ

寝遅れて母に湯婆ゆづらるる

胼の手にいま顧みつ医師の恩

大年の町更けて出づ美容院

襟白く嫁がぬ姉や寒弾す

ヒヤシンス卓布吹かるる食堂車

日焼して和服なじまぬ幾日かも

春着買ふ値踏みの母の陰にゐて

消ゆるまで雪幾度か梅ふふむ

婚約成りて

ひとの家に箸ためらはぬ三月菜

朝の薔薇主婦として立つ厨ごと

薔薇散るや夫《つま》旅の夜の父やさし

妙高の裾野晴れゆく田草取

わが客に夫の昼寝を絶たれける

夫と出て遅月あふぐ客の後

伊藤清永氏

落葉焚き画家アトリエに入らざる日

夫留守の夕餉まづしき一葉忌

人の喪に来て母と会ふ菊の雨

霜の夜の珈琲沸り夫は読む

布団綴ぢ終へて小春の頬熱し

出産育児などで家事繁忙となり、心ならずも俳句を離れる。
（昭和三十四年）

少し余裕が出来てから洋裁・茶道・木彫に励みながら、十五年ぶりに作句再開し「馬酔木」に投句。
（昭和四十九年）

白桃

昭和四十九年〜五十七年

日焼子に学ぶを強ひてかなしさよ

残る虫音をひそめて皿洗ふ

訪はずゐて膝掛厚く母に編む

風邪に寝て男の子がむしろ言やさし

針持ちて縫はずに仕舞ふ風邪心地
かたはらに春愁の子の髪長し

武蔵野に住む青葉どき客多し

喪の家の前を過ぎゆく日傘閉ぢ

子がすすむる夫との旅や夜の秋

日ざし来て露の蟷螂草を出づ

秋風や貰はれてゆく童話集

嵯峨菊に憩ひてもどる御舟展

冬日差読まずにもどす子の日記

すこやかな母を見て来し年の暮

山鳩を庭に見ぬ日や寒の入

肩かばふ癖に気づくや別れ霜

松の芯男の子は父に惹かれゆく

白玉の冷えごろ誰も帰らざり

ささやくと今日は聞こえて落葉せり

燗熱く亡き父の友もてなせり

草に咲く花にはあらずえごこぼれ

病む母にそひて仮寝の籠枕

こだはりの会ひて消えをり単帯
花莫蓙に臆せず今日をなまけをり

ふさはしき壺置くのみや夏座敷

新涼や真珠ひとつぶ子の耳に

夜のまどゐ誰へともなく栗むきて
昼の虫大観遺居の石寂びて

昭和五十三年度馬酔木新人賞　五句

粟飯を待たれてをりて今日は炊く

香水やそれとなくきく子の外出

旅の子に残されしごと古茶いるる

離れゆく子ごころ追はじ茄子の花

白桃ややかりそめならぬ今の幸

馬酔木新人賞受賞句　了

男の子はや並び歩まず冬の雲

針山に針のわづかや一葉忌

吉野葛母にたまひぬ寒見舞

如月や指輪はづして人の喪に

惜しみなく髪切りて子は新社員

ジャムつくる弱火に仕へ春夕べ

新茶汲み子にまかさるる初給与

夏手袋ひとの子のごと街に会ふ

癒えてなほ母に敷き置く夏布団

饐飯や気配りとみに衰へて

それぞれの今日を聞きつつ梨をむく

新涼や小櫛をのせし母の髪

稽古花子が捧げをり今日の月

白萩の揺れゐてそそぐ雨見えず

静嘉堂文庫の紅葉肩に冷ゆ

勤めての子の思慮深し夜の菊

しばし手の縫ひし形にかじかめる

子の心見えてとどかず風花す

掃き拭きに今日を徹して寒に入る

誰も見し冬虹かたる夜の紅茶

病む母のひと箸に措く蕪蒸し

受験子の今朝すこやかな爪の色

加賀梅の真白なる夜を母逝けり

啓蟄や庭に遺愛の母の杖

生れし子のときめき今も五月来ぬ

宵涼し勤めて久に子のピアノ

衣かけてくれし気配や昼寝覚

銀婚の白桃二つ置かれけり

白ハンカチ手渡す今日の子を信じ

酔ひし子に戸惑ひゐたり遠花火

水原秋櫻子先生御逝去

逝きたまふ師や鷺草は舞ひ終り

送り火に炷き添へし香ただよへり

睦まじき遺影の父母や敬老日

紫袱紗のふくむ秋意を手にしたり

小さき手にわけし日ありき雛あられ

受験子と隣る車席に目を閉ざす

いつしかに気丈備はり蟇を追ふ

木漏れ日を胸にちりばめ衣更ふ

蚊柱や焦げし匂ひの厨口

手を引く子引かれゐる母ゐのこづち

北山杉風を溜めをり赤とんぼ

橋の名の筆やはらかし十三夜

失はぬ家族のぬくみ布団干す

邯鄲

昭和五十八年〜平成二年

四日はや誰にも乞はれ朝のパン

蕗ゆでつ母のさびしさ今思ふ

夜桜や星あふるると誰か言ふ

かくさざる男の子の恋や巴里祭

身丈しのぐ子を率て夫の登山帽

学べざりし気後れ今も敗戦日

縁談の一会かなしき花氷

おそき子に糠床浅く茄子残す

風炉惜しむこころ袱紗の水浅葱

新葡萄酒子は賢しらに世を語り

ためらひの夜寒をつかむ裁ち鋏

とある日は子ある憂ひに葱きざむ

水餅のごとく忘られ昼ひとり

気忙しき食べ癖かなし花菜漬

雛古りぬ嫁がざる子に責め深く

人の間に風切つて子は新社員

昼ひとり鍵して病めり著莪の花

白菖蒲憂ひのうちに二番花

梅雨晴間動くたのしさ蝶のごと

えご白く花より花へ降りこぼれ

住み古りて蟇もいとしき出会ひなる

夫ありて世の波あはし鳳仙花

焦げし鍋磨き徹せり敗戦日

秋蝶や伏目のうちに喪の記帳

野の西へみちびかれゆく鰯雲

十六夜や父のかたちに夫がをり

人の置きし松茸買ふをはばかりつ

吊革に夫の噓を恥ぢてをり

春愁やひとの華燭へ吾子送り

供茶式の落花のしじま中宮寺

畳目に素足のひたと更衣

庵主より茶粥たまはる余花の雨

水切つて初日したたる菜包丁

炉塞ぎて二人のほかの声欲しき

迎火に父母とおぼしき風通る

茄子の花昨日にまさる凡に謝す

古九谷の皿の秋意に立ちつくす

赤松の高きにけぶる加賀しぐれ

羽子板市かくおだやかに人の群

つと立ちて悴むおのれつき放す

厨灯も今年のわれの影も消す

水よりも風の冷たき芹を摘む

二人子のはねちがふ道さくらんぼ

奥多摩御岳

邯鄲をきく爪先に身を乗せし

中国の旅　四句

ポプラ散る黄土も人も無表情

天壇をかたどり暮るる鰯雲

槐黄ばみ兄戦没の地はいづこ

江の小春水牛家鴨放ち飼ひ

かき餅や時折見する夫の老

蓬摘むかへらざる日を今切に

リラ白く泡立ち咲けり婚約期

干梅に身をただよはす二夜三夜

渡辺立男さんへ

故郷に母在す柚子たまひけり

平成二年度馬酔木賞受賞　十二句

うすうすと刻を染めゆく酔芙蓉

帯結ぶうしろ鏡や初しぐれ

行方持つ人の跫音や霜柱

純白にこころをのせて餅を切る

初釜や金繡寂びし帯の菊

何せむと来し寒厨に立ちつくす

蒟蒻に吸ひつく刃先冴返る

生まれし子に必死の頃よ古雛

失ひし笛をこころに納雛

娶る子に尽し終りの黴払ふ

夏足袋や華燭へ歩先慎みて

風鈴の音色はじまる子の新居

馬酔木賞受賞句　了

鴈治郎を継ぐ紋服や菊供養

虫時雨嫁ぐと言へり声確かに
嫁がするこの大いなる冬仕度

明日の賀にうなじ剃りあふ雪しぐれ

嫁ぐ日の哀歓ゆらぐ冬椿

花嫁を守る万感の霜日和

二人子の婚儀重ねし去年今年

春祭

平成三年〜十四年

早春や帯に息づく草木染

探梅の苞に分厚き地蒟蒻

二輪草男の子をみなの幸ちがふ

いちにちの包丁蔵ふ桜冷

富士スバルライン

雲海や富士五合目にゐる不思議

捕虫網うつす泉の大鏡

花冷や嫁ぎ残せしピアノ拭く

耳もとに身籠ると子や春夕べ

父となりし子の肩高し夏欅

子どちより及びくる幸青葡萄

虹二重子は父となり母となる

花菜漬子の営みのうひうひし

母恋へば薄日ふくらみ貝母咲く

鯉幟孫のひと年飛ぶやうに

つかみても湖北の闇や蛍追ふ

老鶯のこゑ朗々と竹生島

若者の愛語さらりと夏蜜柑
伏目にも遠目にも梅雨けぶるなり

霧ケ峰　二句

草尾根と雲とのあはひ黄菅満つ

湿原の雲自在なり風露草

掘りおこす胸の埋み火敗戦日

貞先生天に召されし芙蓉の実

橋の名に遠き世があり近松忌

兄の忌に姉妹欠けずよ柏餅

蟬しぐれ画家彫刻家対ひ住み

色鉛筆虹を見て来し孫に買ふ

もてなしの足らぬ思ひに魂送る
こころもち朝茶を熱く白露かな

清元の百寿のこゑも初芝居

ヨーロッパの旅　五句

カウベルの音交々に霧の中

氷河蒼し重なりあふぐ夏帽子

窓々やアルプの村のゼラニウム

湖風にヨットさ走る花時計

敷石にパリ朝市の青林檎

夫の背を通夜へ送りし枇杷の花

羽子板市人人人に夜が流れ

紅梅を仰ぐ目がしら熱きまで

彼岸会の心経誦《ず》せば母のこゑ

うちひらく甲府平や緋桃咲く

丸盆に丸餅そなへ春祭

十和田湖　二句

青葉の瀬画家の後ろを黙し過ぐ

巣立鳥乙女の像をめぐり去る

平林寺花祭

御堂葺く椿づくしも武蔵ぶり

袖通しては虫干のはかどらず

鹿児島　三句

火の島のどこか揺れゐる楠若葉

兵悼む知覧の新茶味はひて

海坂に死者のこゑ湧く夏燕

据膳に腰落ち着かず母の日を

喪帰りの違へし道や夕桜

冬ふかむかな音も無く隣り合ひ

窯跡の陶片ひかる初時雨

冬日低し庄司在せし轆轤の座

白洲正子旧居　二句

晩菊や和綴締まりし謡本

海揚りの大壺満たし菊冷ゆる

綿虫のたゆたひに息合はせをり

声徹る浴衣ざらひの喜寿の姉

夏椿一輪茶事をつかさどる

飛驒合掌部落　三句

朝顔の浅葱ひといろ飛驒格子

幾屋根の破風の大小鳥渡る

紅蕪買ひて飛驒路の暮早し

目借時

平成十五年〜二十五年

初夢のあとかたもなき白襖

風花の舞ふ今生に姉は亡き

挟み合ふ骨のもろさよ雪催

安《あん》心《じん》の目のゆくところ龍の玉

語りゐし友から寝入り遠花火

病む夫の真顔に遇へり昼の虫

年の夜の更けて嵩なき髪洗ふ

残りゐる一生《ひとよ》を密に返り花

幸せはそびらより来る冬日向

父の植ゑし方位に今も実南天

かばかりの胸辺の陽《ひ》にも雪ばんば

花道は光の坩堝初芝居

春曙息柔らかく癒えしかな

板前は長寿眉なり桜鯛

揺り椅子はわれに寛容目借時

母の律義われに終らむ盆供養

葛湯溶く幸せはかく淡きもの

第九聴きに出でて無垢なる年の空

何か越えし安堵にも老い初鏡

半夏生草胡粉の白さ葉に刷ける

虹消えていづれの木々も濡れ色に

夏痩せを別れしあとの子に思ふ

秋桜人恋しさの湧く日なり
くるぶしに小草の生気露光る

老末だともさくさくと林檎噛む

寄鍋やひとりとなる日ふと恐れ

朝鳥の小さき足蹴に紅葉散る
名残空祈るともなく手を合はす

ここにまた歳月を見る漬菜石
朧なる行き交ひし通夜の客

黄沙降る兄戦没の地の色に

朝すでに日輪たぎる百日紅

労りに素直なるとき暑に負けぬ

吹割の滝　二句

滝音に弾けて空へ岩つばめ

釣橋に掛けあふ声もこどもの日

蛍火やときをり人の頰泛び

通夜の家に隣る風鈴外し置く

母憶ふとき御詠歌の鈴涼し

霊棚の無言無音に燭ゆらぐ

霧ケ峰　二句

牧かけて霧なだれゆく柳蘭

松虫草湖より淡く揺れ交はす

何かせむせねばと立ちてそぞろ寒

天窓へ湯気押上げて大根煮る

うすずみの翳が障子に牡丹雪

晩　菊

平成二十六年〜二十九年

ふた三ひら森じめりして残花舞ふ

天一美術館

麗子像観し山里や緋桃咲く

母の日や我にまさりし母の労

寿のワイン注がるる蛍の夜

乗鞍岳　二句

防風衣ひき締めて待つ御来光

山の湯の二槽あふるる星月夜

沼津　二句

千本の松籟に生れ蟬涼し

夕凪の潮騒つつむ牧水碑

この花に孤独はあらじ百日紅

晩涼や素足がこのむ古畳

嵩のなき寝髪ととのへ今朝の秋

邯鄲や額づくごとく聴き入りし

晩菊や起居二人の塵すこし

除夜の鐘身を離れゆく幸不幸

年の夜やしかと納まるものの影

羽織るもの探す夕べや龍の玉

風邪に臥し眠らぬ雛と目を合はす

姉逝く

病み果ての面輪小さし青葉冷

砂を噴く泉の力わが触れし

海の日や昭和の唱歌口ずさみ

山荘にチェロの音沈む夜の秋

夏痩せて夕餉一つの茶巾ずし

水原春郎先生御逝去

虫の音に師恩おもへば湧くごとし

門火焚く身寄り少なくなるばかり

末子わが残るさだめの墓洗ふ

さらさらと空に色解く秋桜

呼びとむるごと臘梅の香が肩に

寒林の梢の夕焼はたと消ゆ

寒椿心にとどめ籠りゐる

あとがきにかえて

句集『白桃』は、妻和子の昭和二十八年から平成二十九年迄の休詠期間を除いた約五十年間の句業である。妻は現在病気により介護施設において療養中のため、本人に代り私が句集編集をした訳である。

妻はこれまで、晴れがましい場に立つことを好まない性格から、句集出版を拒み続けて来たが、此の度、息子岳郎の賛同と協力を得て句集出版の運びとなった。私は妻の命の証しともいえるこの句集を編み、深い感謝をこめて妻に捧げたいと思う。

徳田千鶴子主宰には、ご繁忙の中にもかかわらず、本句集に深いご理解を示され、心のこもった過褒の序文を賜った事を、本人に代り幾重にも御礼を申しあげる。

水原秋櫻子先生、水原春郎先生、徳田千鶴子主宰の三代にわたる師恩の深さに改めて感動を覚える。

終りに句集出版について、ふらんす堂の山岡喜美子様、横尾文己様、装丁の君嶋真理子様に大変お世話になった。心から感謝申し上げる。

令和六年四月

岡田貞峰

著者略歴

岡田和子（おかだ・かずこ）

昭和３年東京生れ
昭和28年～34年　「馬酔木」投句
昭和49年　「馬酔木」投句再開
昭和53年度　「馬酔木新人賞」受賞
昭和55年１月　「馬酔木」同人となる
平成２年度　「馬酔木賞」受賞
平成29年10月　病気療養のため、「馬酔木」の投句休止

俳人協会会員

連絡先　岡田岳郎（息子）
〒185-0012　東京都国分寺市本町3-1-1
シティタワー国分寺
ザ・ツインウエスト3208号
TEL & FAX　042-323-3948

句集　白桃　はくとう

二〇二四年六月六日　初版発行

著　者——岡田和子

編　者——岡田貞峰／岡田岳郎

発行人——山岡喜美子

発行所——ふらんす堂

〒182-0002 東京都調布市仙川町一—一五—三八—二F

電　話——〇三（三三二六）九〇六一　FAX〇三（三三二六）六九一九

ホームページ https://furansudo.com/ E-mail info@furansudo.com

振　替——〇〇一七〇—一—一八四一七三

装　幀——君嶋真理子

印刷所——日本ハイコム㈱

製本所——㈱松岳社

定　価——本体二八〇〇円＋税

ISBN978-4-7814-1654-0 C0092 ¥2800E